KB112841

써칭 포 캔디맨

써칭 포 캔디맨

송기영 시집

민음의 시 282

민음사

시인의 말

나의 말이 나의 고삐이기도 한데
그 누구도 이 말에 박차를 가할 순 없지
왜냐하면 이 말에는 옆구리가 없으니까
말했다
나는 말한 것
말만 한 놈이라고

2021년 2월
송기영

차 례

3부

1부

그리고 침묵

함부로 해도 돼?
너의 말이다

망가지거나
망친 것은 없다
상하지 않는 존재
연장해도 돼?
나는 대답한다
얼마나요?
나는 마저 파괴되지 않고,
너는 이상한 권리를 누린다
누빈다, 공간을
가득 메운 시간의 냄새
두 손으로 잡아도
맡을 수 없는 세계*

* 루드비히 비트겐슈타인, "세계는 산다와 판다로 구성되어 있다. 우리는
  팔 수 없는 것들에 대해 침묵해야 한다."

함부로 해도 돼?

나의 말이다

제조업입니다

말 제조를 합니다. 제조업이죠. 끼워 달거나 기워 넣습니다. 잘못 갖다 붙이면 쪽박을 차기도 합니다. 엎지를 수 있지만 마음만 먹으며 기어코 주워 담을 수도 있습니다. 마음을 몇 번 먹었느냐에 따라 달라지는 게 말입니다. 말의 생산성은 분위기에 달렸습니다. 분위기를 뛰어넘는 말이 있다면, 반역이거나 혁명입니다. 말 조제가 아니라 제조입니다. 귀가 없는 당신에게 어떤 말이 약이 될 수 있을까요. 말놀이나 하다가 약이나 안 올렸으면 좋겠습니다. 서로의 귀를 물어뜯으면, 말꼬리를 잡고 뱅글뱅글 돕니다. 뚫을 수만 있다면, 말총을 만들어 심장을 겨눌 텐데.

말 제조를 합니다. 궁하면 찍어 내는 게 말이라고 하지만. 있는 말도 아니고 없는 말도 아니고. 산 말도 죽은 말도 아닌, 무엇인가 상큼 발랄 유쾌한 소리를 지르고 싶었던 것인데. 어젯밤 내가 당신에게 건넨 건,

말이었습니까?

팔자

어버이날에는 카네이션을 팔고, 어린이날에는 놀이동산을 판다. 학원에서는 아이들의 미래를 팔고, 골프장에서는 비즈니스를 판다. 목사님은 천국을 팔고, 무당은 액운을 판다. 약장수는 능력을 팔고, 남자는 두 눈을 감기 전까지 한 눈을 판다. 남편은 종종 우정을 팔고, 건설업자와 결혼정보회사는 행복한 가정을 판다. 치과는 환한 미소를 팔고, 성형외과는 연예인을 판다. 주류회사는 더 순한 것을 팔고, 치킨 집은 깨끗한 기름을 판다. 과장은 차장을, 차장은 부장을 판다. 우리는 연대를 팔고, 사장님은 마침내 회사를 팔아 치운다. 뉴스는 프레임을 팔고, 프레임은 언제나 사각지대이다. 군수업자는 안보를 팔고, 경찰은 지팡이를 판다. 정치인은 생면부지의 국민을 팔고, 스스로를 국민으로 호명한 사람은, 누구의 것인지 모를 국가를 판다. 삶이 다른 죽음을 팔아 챙긴 것이라면, 죽음은 남은 삶을 팔아 쟁취한 것. 때때로 시인은 자기를 팔지만, 팔자는 못 고친다.

인상

아침 아홉 시부터 저녁 여섯 시까지, 사람들의 대장에 내시경만 밀어 넣는 의사의 감각은 어떨까. 일이 끝나면 그도 꾸역꾸역 곱창에 소주를 마실까. 고속도로에서 사고 차량을 두고 다투는 견인차 운전사의 감각은 어떨. 큰 건을 낚았을 때의 짜릿한 손맛을 또 기대할까. 사거리 신호등 앞, 노파에게서 받은 한 장의 전단지는? 정말 그건 무거웠을까? 싸고 좋은 물건을 소개하는 영업사원의 감각은 어떨까. 정말 그도 그걸 돈 주고 샀을까. 부도덕한 회사를 도덕적 가치가 있는 회사로 포장하는 카피라이터의 감각은 어떨까. 사람들이 믿어 줘서 아찔할까. 자신이 먹어 보지 못한 음식을 나르는, 어린아이의 감각은 어떨까? 나이를 먹는 꿈을 꿀까. 동료의 텔레마케팅 전화를 받은 텔레마케터의 감각은 어떨까? 청각일까, 시각일까. 아침 아홉 시부터 저녁 여섯 시까지, 부지런히

우리는

영업사원

　그는 제일 먼저 발을 닦는다. 발 닦은 수건으로 얼굴을 닦고 몸을 닦는다. 그의 체면은 발에 있다. 체통과 혈통도 발에 달려 있다. 집에서 가장 멀고 썩기 쉬운 바닥이지만, 발은 모든 것을 덮고 있다. 아니, 모든 것을 뒤엎고 있다. 늘 젖어 있고 퉁퉁 불어 있는 발. 발을 닦으며 별을 닦는다. 발목이 쉬도록, 푹푹 잠기도록 닦는다. 하지만 이 별에서 발을 떼면 모든 것이 끝날 테지. 해종일 발을 품었던 별이 수챗구멍으로 흘러간다. 도약과 추락이 제 발로 꿈속을 찾아드는 밤. 간만에 두 개의 발이 벽을 바라본 채 고요하다.

빤다

  빤다는 구강기에서 벗어나지 못한 성인을 위한 낱말이다. 하지만 모두가 빤다. 때때로 그것은 짜다와 이음동의어이다. 저를 탓하지 마십시오. 저는 그 행위에 열중했을 뿐입니다.* 사실, 빨지 않고 우리가 어떻게 존재한단 말인가. 입가에 붉은 피를 묻히고 귀가 하더라도, 아침이면 순백색의 셔츠를 입고 가족에게 손을 흔들어 줄 것이다. 깨끗하고 단정한 사람일수록 노련하게 더 빤다. 친구와 가족과 국가가 응원한다. 그런 위인이 아니더라도, 우리는 모두 빤다. 등골은 부모에게만 있는 것은 아니다. 그것은 누구에게나 하나쯤 있고, 텅 비지 않도록 유지해야 하는 것. 꿀벌의 발을 빨고 있는 꽃들을 보라. 빨아들이고 퉤, 뱉는 사건은 우리 존재의 미학. 낮은 곳으로 떨어지는 위치 에너지를 가늠하고 현재를 유지하는 유일한 방법이다. 열심히 아주 잘 빤다면, 꽃다운 청춘과 바닥난 비자금도 돌이킬 수 있다. 방망이를 들든 빨대를 꽂든, 때로는 은밀하게. 어찌되었건 성숙한 성인이 되기 위한 낱말, 빤다

  고로 존재한다.

* 김언의 「판다」에서

고객님과 보낸 한 철

아버지 뵙기를 단골 고객님 뵌 듯하며, 어머니와 마주할 때에는 이벤트에 당첨된 듯하라. 부인을 대할 때에는 신규 고객님 발굴하듯 하고, 사춘기 자식과 대화할 때는 경쟁사에 뺏긴 고객님 대하듯 하라. 철없는 남동생 얘기를 들을 때에는 고객을 잃을 수 있다는 속다짐을 하고, 친구를 대할 때는 연락 끊긴 고객 대하듯 하라. 이웃집 아주머니를 대할 때는 불만 많은 고객을 대하듯 하고, 그 아주머니가 키우는 개와 길거리에서 맞닥뜨렸을 때는 주먹다짐을 각오하라. 혹, 미술 전시회에 온 고객을 만나거든 고갱님처럼 대하고, 이도저도 아닌 고객은 호갱님 대하듯 하라. 이는 너와 네 사업이 곤란과 역경에 빠지지 않기 위함이니라.

소금 인형

비싸게 파는 게 좋지. 팔릴 수 있다면 말이다. 이 바닥의 깊이를 재기 위해 시장에 뛰어든 너는 소금 인형. 만나는 사람마다 네가 짜다고 하지. 너는 짜고 다시 짠다. 하늘이 무너져도, 어딘가 팔아 치울 만한 게 있겠지. 거리에서 툭, 채인 돌멩이마저도 목숨을 짠 도약을 하는 법. 그러게 밑창을 잴 수 없다면, 시작하지 말았어야지. 너를 넘긴 가격이 너를 넘어선 가격일 수 있을까? 얼마라도 짜내서 남길 수 있는 게 있다면, 너는 그것을 인생이라 부르겠지. 네 인생 알 바 아니지만,

사람들, 너를 기억한다.
싸서 좋았다고

뼈의 맛

계약

뼈를 바른 자리에 당신 뼈가 흘러들어 온다. 모든 구멍을 비집고 들어와, 단단하고 탄탄하게 자리를 잡는다. 피부가 트고, 가죽이 찢어진다. 뼈가 제자리를 잡으면 비로소 나는 당신들 보기 좋은 사물이 된다. 사물이 되어, 나는 말한다. 내년에도 잘 부탁드립니다. 이렇게 나는 연장된다. 입을 지우고, 눈을 끔뻑이면서.

서덜

뼈에 남은 살점 좀 봐. 우리는 알뜰히도 서로를 학대하는 사람. 너나없이 서로의 등을 저미어 포를 뜨고, 남은 뼈를 고아 서로를 먹이는 사람. 서로의 신경을 빳빳하게 잡아당기고는, 바람을 맞은 채 우리는 몽롱하게 꿈길을 걷는다. 투두둑 신경이 터질 때까지, 뼈마디가 아프지 않을 때까지. 이제는 모든 연을 끊고 마침내 순도 깊은 무신경에 이를 때까지, 우리는

김 씨의 뼈

만물인테리어의 사장이자 디자이너이고, 목수이자 배선공인 김 씨는 원금 손실과 이자 소환이라는 마법에 걸렸다. 김 씨는 혼자 힘으로 불가능한 일을 하며 열심히 자기를 펀딩하는 사람이었는데, 대패질을 할 때마다 자기 뼈를 밀고 있음을 알았다.

새의 뼈

어린 새는 가까스로 몸을 비운다. 마침내 뼈까지도. 기낭에 구름을 가득 채우고 당신들 손가락 사이를 스르륵 빠져 나간다. 그리하여 지상으로 돌아오지 않는 새는, 진실로 새인가 아니면 진실이 샌 것인가.

사는 일

"제가 왜 이런 일을 해야 합니까?"

"일이니까."

"정말, 이렇게 살아야 하는 겁니까?"

"응, 사는 일이니까."

돈의 맛

삶의 구조를 지지하고 운명과 숙명을 제어하며 연대감을 형성한다. 또한 생존 공간과 자손의 수를 조절하고, 몸과 팔의 힘을 전달하는 지렛대 역할도 한다. 이것에는 조직을 유지하는 이자율이 함유되어 있고, 신경과 혈관이 분포하여 소유주를 보호하고 언제 어디서든 영양을 제공한다. 이것이 떨어지면 삶이 유지될 수도, 신생할 수도, 재생할 수도 없게 된다. 이것의 성분은 공포감 20%, 경외감 30%, 해방감 40%인데, 이것이 일정한 탄성을 지니는 이유는, 소량의 모멸감과 죄책감을 함유하고 있기 때문이다. 그러나 나이가 들수록 신뢰감과 충만감이 증가하는 반면 죄책감, 배신감, 위화감, 허탈감 등의 성분은 매우 감소한다. 이때는 특히 독이 오를 수 있으니 조심해야 한다.

영구기관

나, 오지 않는 곳에 나,
온다
나, 오지 않을 곳에 나,
온다

나, 오지 않는 곳인데, 연장이 가능한가요?
나, 오지 않을 곳인데, 연장이 가능한가요?

한 그릇의 밥을 먹고 한 움큼 내가 출력된다.
모든 출력물은 표정을 가진다는데

나와, 있는 곳에서 나는, 없고
나는, 없는 곳인데 나와, 있다

자발적 영원, 나
오건 오지 않건
자발적 영구, 나
오건 오지 않건

시(詩)

이것은 모멸, 시기, 질투, 분노, 연민, 그리움, 희망 또는 몽상, 망상, 환상 등을 사용한 제품과 같은 제조 시설에서 제조된 것입니다. 질소 충전은 하지 않았지만, 특성상 신선도를 고려한 적은 있습니다. 벗겨도 벗겨도 내용물이 나오지 않으면, 당신을 먼저 끌러야 합니다. 화장실이나 목욕탕, 전철 아니 낯선 지방의 모텔방에서 얼마든지. 먹다 남은 술을 섞어 내용물을 맘대로 눙쳐도 좋습니다. 판매자도 사용해 본 일 없는 이것이 어떤 이유로 유통되는지 불가사의합니다. 내용물은 당신 표정에 침전되거나 착색될 수 있습니다. 애완동물에게 먹인 적은 있지만, 애인에게는 먹여본 적 없습니다. 덜 익었을 경우, 당신 입을 숙성시켜 드시면 더욱 좋습니다. 유통기한은 알 수 없으며, 유통 전문가도 모르는 경로를 따라 유통됩니다. 소비자의 권리는 안중에 없습니다. 이것은 유통전문 사이트에서 상시 최저가 비유로 판매됩니다.

써칭 포 캔디맨

사실 우리는 캔디를 뽑으러 왔습니다. 원더우먼보다 슈퍼맨보다 더 중요한 인물이죠. 외로워도 슬퍼도 끊임없이 단물을 뽑아 내는 게 캔디의 덕목이며 의무입니다. 무슨 향이 나든, 어떤 맛이 나든 상관없습니다. 훌륭한 기업은 당신의 취향이 아니라 당도계에 의지하니까요. 가장 좋은 캔디를 얻기 위해 채용 담당자도 기꺼이 캔디로 위장할 수 있습니다. 인간은 인간에게 사카린*이라 하지만, 단물을 아무나 빠나요. 물론 아무에게도 빨리지 않고 견딜 수 있는 캔디 따윈 없습니다. 손에 든 당도계가 무거워 사실 조금 슬퍼지기도 했지만, 누구의 이가, 아니 어떤 캔디가 먼저 녹아 사라질지 궁금해 웃음이 납니다. 피식, 고개를 드니
    사장님은 입맛을 다시며, 쩝쩝 다시며,

얼굴 빨개진 캔디의 껍질을
까고,
또 까고
다시 또

---

* Homo homini Saccharum : 인간은 인간에게 사카린이다

出, 사표

내 이름은 사표. 나를 가슴에 품고 너는 오늘 웃는 얼굴로 출근한다. 한 시간씩 전철을 타고, 중간에 한번 내려 보지 못한 그 길을 바라만 보며 너는 간다. 어쨌든 날마다 갈 수 있어 좋았다. 주머니 안쪽에서 너의 심장이 되어 나는 두근거린다. 너의 얼굴에 핏기가 돌고, 눈빛이 반짝거린다. 네가 말하지 못할 것을, 아마도 나는 말할 수 있으리라. 상대방을 꼿꼿하게 응시하리라. 그리고 너는 나를 그 사람에게 불쑥 들이밀겠지. 내 이름은 사표다. 마지막 전철을 타고, 나는 너와 함께 돌아간다. 내일은 또 내일의 봉투에 담길 테지만. 오늘 너의 연기는 훌륭했고, 나는 연기된다. 내 이름은 사표다. 고르디아스의 매듭을 푸는 데 썼던, 바로 그

정언명령

꼭 살아야 하는 건 아니고

회사에는 꼭 가야 한다

2부

잘 먹고 잘 자기 위해

"이제는 당신이 필요 없어요."

모두가 사랑하는 사람이 내게 말했다.

그래서 나는
그냥 먹고,
논다

천 원인 것

이것은 진열되어 있다. 천 원이다. 누가 내게 손을 내민다. 손바닥을 가만히 들여다보니 겨울의 한 골목이 우둘투둘 지나간다. 천 원이다. 손바닥을 받아 주머니에 구겨 넣는다. 누가 만들었는지 중요하지 않다. 이것은 진열되어 있다. 천 원이다. 묻혀 있고, 갇혀 있다. 누군가 캐내어 품 안에 넣어 말린다. 천 원이다. 누가 이것을 옆구리에 끼고 간다. 천 원이다. 누군가는 이것을 사랑하는 사람의 머리맡에 둔다. 천 원이다. 머리끝부터 발끝까지 진열되어 있다. 찬찬히 둘러보고 너는 생각한다. 천 원이다. 무어라 부르든 아마도 더는 관심이 없다. 아무래도 이것은,

천 원이다.

죽자 살자 먹자

먹자는 죽자와 살자 사이에 낀 기집애. 마음이 울적할 때마다 먹자. 옆방에 있는 죽자는 살자와 더 잘 살자 사이에 낀 놈팡이. 허구한 날 마시고 오늘은 죽자. 그 옆방에 살자는 더 잘 살자와 그래도 살자 사이에서 방황하고 있는 아줌마. 간혹 먹자에게 간식을 넣어 주고, 죽자에게 술을 받아 줄 때도 있어. 죽지 못해 살자는 먹자와 친하지만 가끔 마시고 죽자가 되어서 온 동네를 맨발로 달리지. 먹자는 죽자와 살자 사이에서 외롭게 버티고 있는 기집애. 흰 눈이 펑펑 오던 날. 마시고 죽은 죽자를 바라보며, 울적한 마음마저 곱씹어 먹은 먹자에게 홀아비 집주인이 말했지. 어쩌겠냐. 고만 발 닦고 잠이나 자자 좀, 살자.

사인

사인에 맞춰 공을 던진다. 여자의 치마 속으로 공이 들어가는 상상을 한다. 사인에 맞춰 공이 날아가지 않는 날은 우울하다. 공 하나에 죽는 타자는 없다. 그들을 위해 나는 최소 세 번 앞다리를 쳐들어야 한다. 하루 종일 이백 번 아니, 앞으로 이백만 번을 더 쳐든다 해도 경기는 끝나지 않을 것이다. 글러브 안에 감춰진 지구를 가볍게 뿌리라고 코치는 말했지만, 아무도 쳐낼 수 없는 공은 아무도 받아낼 수 없다. 타자는 지옥이고, 타자가 쳐내지 못한 공은 자꾸 관중석 여자에게로 간다. 날아오는 공을 응시하며 여자는 타자가 되고, 대타자이길 마다할 리 없다. 사인에 맞춰, 남자들이 죽어 간다. 명심해 언제나 사인이 먼저야, 너는 그다음에 죽으라고.

지옥에서의 한 회를 끝내기 위해, 나는 짚이는 모든 것들을 다 분다. 홈런 타자들을 차례차례 집으로 돌려보내고서 그제야 나도 타자가 된다. 어디선가 공이 울린다.

멍

손에 든다. 잡지 못하고 잡혔을 때 든다. 발에, 불안한 착지 후에는 목에도 든다. 떠받드는 것과 떠받치는 것은 다른 일. 가슴에도 든다. 그윽하게, 어두운 방이다. 눈을 감아도 육 면이 사라지지 않는 불면. 잠에도 든다. 스르륵, 검고 푸르게 가라앉는 일이 남았다. 피하지 못하거나 마저 피했을 때도 든다. 긋는다. 불안한 돋움 뒤에. 조금씩 문턱을 넘어 구름에도 든다. 옷장 속 먹먹한 외투들이 쏟아진다. 흐물흐물 냄새로 든다. 이미 죽은 것과 다시 죽는 것을 반복하며. 때론 시끄럽게 끼어들고, 말없이 난다.

그곳에 가고 싶다

그곳에, 가기 위해. 나는 너와 만나 삼백 분을 이야기한다. 몇 마디를 나누고 몇 마디는 부러진다. 그곳에 가기 위해. 나는 너와 헤어진다. 너는 내 등 위에 몇 개의 발자국을 찍는다. 그곳에 가려면, 일단 아무 데나 가 보는 게 좋을까. 그곳에, 가기 위해. 너를 삼백 년 뒤에 만난다. 서로를 내려놓고 가만히 앉아 바닥만 내려다본다. 잔금이 남아서, 더러 반짝이는 얼굴. 다시 갚을 수 없는 그 표정을 어디서 배웠을까. 그곳에, 가기 위해. 나는 제자리걸음을 한다. 그곳에, 가기 위해. 사람들, 창밖을 오랫동안 바라보고.

물의 모서리

물에는 모서리가 없다 나는 뜰 몸이 없어서 좋겠다 고인 물에는 모서리가 끓기 마련이다 목이 조금 돌아갔을 뿐 그런대로 나는 괜찮다 물은 갈아야 한다 어디서 길어 온 얼굴이길래, 오랫동안 물에 비치는지 어디서 걸어온 말씀이길래, 오랫동안 물에 담겼는지

했다 나는 땔감이 없어서 좋겠다 하늘에는 불 붙은 물한 바가지 뭉게, 뭉그렇게 핀다 이가 조금 빠졌을 뿐 나는 괜찮다 발음에 바람이 샌다 물에는 모서리가 없고, 괜히 들이받힐 수 없을까 욕심이 난다 물에 젖은 모서리가 하나 걸어 나오는 밤 축축하게 좀 더 목이 돌아가서, 밤의 뒤를 캐고 싶은 나이이다

했다 나는 갈아치울 내가 있으면 좋겠다 물 깊숙이, 생각에 잠긴 모서리가

낙망

　벚꽃 피는 4월의 어느 언덕에서는 말고, 월세 오른 구도심가 닭발집 사장의 저녁 밥상머리에 둘러앉아, 낭만을 가르칩니다. 물새가 우는 어느 항구의 시원한 바람 속에서는 말고, 하나가 다른 하나를 살리기 위해 발버둥치는 물속에서, 낭만을 가르칩니다. 고생스럽다고 다 죽을 맛만 나나요. 절박하고, 절실한 순간에, 시금털털한 낭만을 얘기합니다. 내 인생 찬란하진 못했으나, 그래도 당신 있어 낭만을 떠올립니다. 온 세상을 밝히는 환한 빛 속에서가 아니라, 그저 함께 걷는 어두운 골목길인데. 문득 겨드랑이를 파고 들어오는 까끌한 손 하나, 낭만을 가르칩니다.

문턱

　사람들 매일의 문턱을 넘는다. 어쩌면 문턱은 시간. 손가락에 침을 바르면 잘 넘길 수 있을까. 다 알면서도 모른 척, 문턱의 높이를 헤아리는 일은 하지 않는다. 어쩌면 문턱은 감정. 오늘도 문턱에 걸린, 네 기분을 모르진 않지만. 그렇다고 다시 어제의 일로 되돌아갈 수도 없다. 나는 너의 문턱을, 너는 나의 문턱을 모른다. 문턱은 어쩌면 별이거나 별 따위. 네 밤하늘에 무수히 떠 있는 문턱 하나가 목구멍에 걸렸다 한들, 내가 알 턱이 없다. 지고 가든, 이고 가든. 문턱은 어쩌면 네 몸에서만 반짝이는 것인지도 모른다. 그래,

　지금 네가 밟고 있는

　문(問)

형(刑)

　나도 맞고 싶어요. 형은 우리 동네 깡패죠. 으슥한 골목
길에서 수금하던 방식은 이제 먹히지 않아요. 토요일 오후
가 되면 우리 모두 줄을 서죠. 머리가 허옇게 될 때까지 고
시 공부를 하던 삼촌도, 한 번 더 성형 관광을 가고 싶은
메텔도 가끔씩 그 줄에 끼어 있죠. 형에게 맞고 싶어요. 한
방 제대로 맞으면, 천국도 우스운데. 지금까지 감질나게 맞
아서 천국 근처에도 못 가 봤죠. 더 이상 나아갈 수 없을
때, 형 생각이 나죠. 아니, 그냥 심심할 때도 생각나요. 똥
줄 타는 이승보다, 돈벼락 맞고 가는 저승이 더 나을지도
몰라요. 다음 주말을 또 이렇게 보낼 수는 없으니까, 가요.
하나도 안 맞는 것보단, 얼마라도 맞으면 기분이 풀릴지도
몰라. 토요일 오후 8시 45분. 모두들 그곳에서 만나요.

몽당

나는, 참 몽당. 나는 이미 가 버린 것들이 남긴 면적이야.
폐는 검고 아직 윤기가 돌지만. 生은 나의 흑심이 흘려 쓴
미래였어. 익은 것은 모두 고개를 숙인다지만, 내 목은 이
제 발바닥까지 내려와 형이하학의 세계를 마주하고 있네.
다행이야. 중간에 부러지지도 않고 잘도 끌고 왔지. 이제
나는 대부분의 날을 드러누워 있다. 누군가 내 머리를 목
발로 받친다 하더라도, 어떤 단단한 아귀힘으로 붙든다 하
더라도. 더 이상 깎을 만한 체면은 남아 있지 않아. 흑심을
품고 살았지. 그게 나의 중심 그리고 진심이었다. 엷어지는
게 얼굴뿐이겠어. 그리고 이따금씩 나를 어디에 흘려 썼는
지 생각에 잠길 뿐.

온통 벚꽃

벚꽃을 누가 지웠을까. 벚꽃 사라지고, 바람 속에 현수막
만 나풀거리는 길. 터벅거리며, 나는 왜, 생각하지. 나는 무
엇인가 또 나는 어디인가 생각하지. 꽃을 털어 버린 나무
들이 인도를 걸어 내려설 때. 굳이 벚꽃을 보고 싶었던 것
일까. 윙윙 흰색의 바람을 때리는 녹슨 회초리들. 무엇이
그 하얀 얼굴을 지웠을까. 웃음 떨어진 자리마다 시커멓고
앙상한 뼛자국. 그래, 그랬지. 사람을 이기는 건, 언제나 시
간. 이젠 딱히 그리울 게 없어서. 그냥 안다고, 알았다고 말
하지. 벚꽃은 누가 지웠을까. 머릿속이 온통 새하얀데, 구
두에 쓸리는 회색빛의 지우개 가루들.

배트맨*

공은 감각으로 품는 것이다. 감각은 교정되어도 감각일 뿐. 오랫동안 품은 공이 멀리 날아간다. 너무 깊게 끌어안는 바람에 허리가 날아간 방망이가 말했다. 조금 거리를 둬도 괜찮을 뻔했지만. 그래도 내 평생 여자와 아이는 때리지 않았다. 왜 이상해? 하지만 그들도 곧 날아갈 테지. 이젠 아무도 내게 공을 맡기지 않으니까. 그런데 자네는 왜 한방 터뜨려 볼 생각 없이 폼만 잡고 있나? 공이 껍질을 깨고 비상하는 순간. 그러니까 자네 몸에 백만 개의 공이 돋아나는 순간. 이 세계는 다시 부화하지. 한번 날아간 것은 영원히 날고 있는 것. 배팅하라구. 기품 있게.

* www.betman.co.kr

1인 3역

나는 다리만 긴 난쟁이
그렇다고 말을 훔치랴
저녁까지 사과를 팔고
팔다 남은 사과는 독에 절이지
피멍 든 사과를 집어 든
나의 영혼은 백설

마녀는 말하지,
자, 독사과나 한 입 물고 잠이나 자
백설의 영혼으로는 거절할 수 없지
아침이면 황금색 변을 보면서
과수원 시세를 확인해야 할까 봐

눈을 뜨면 긴 다리를 끌고
무대 구석구석 사과 영업을 다니지
이 집의 문고리는 어디에 숨었을까
마녀에게 보고하기 전에
백설과 입을 맞춰야 하는데

말 없는 왕자는, 늘
무대에서 거절당하지

저리구나

마음이 그래
가던 길 멈춰 범어사에 내렸지
마음의 절에 모신 그래
거기서 거기인 그대 앞에
내 마음 그래를 내려놓고
눈물이 나는 건
슬퍼서 그래?
웃어서 그래?
지은 건 마음인데
구두를 벗어 놓고 나왔지
마음이 아는 일을, 왜
말은 모르나
잡아 줄 손 없고
잡을 손 없어서
가만히 손바닥 마주 붙이고
눈물이 나는 건
나이 먹어 그래
덜 살아서 그래
일주문 거기서 거기까지

맨발로 걸었다
누가 뭐라든
그래, 내 마음인데

33번지 명사들

빈방이 어깨를 맞대고 늘어선 골목
나는 이곳을 33번지라 부른다
사람들이 잘 드나들지 않는,
거리엔 명사들의 그림자만 남아 있다

33번지는 일종의 유곽일지 모른다
밤이 되면 명사들은 안면도 없는 명사들을 이끌고
이곳으로 돌아온다 음습하고 유쾌하며
야릇한 명사들 짓궂게도
서로에게 불을 놓는 밤이면
33번지 전체가 붉게 아른거린다
재가 되는 것도 얼굴을 구기는 것도
두려워하지 않는
이런 밤이면 명사들의 배는 불씨로 가득 찬다

낮이 되면 거리엔 명사들의 그림자만 남아 있다
33번지는 어쩌면 일종의 병원일지 모른다
밤이 되면 명사들은 다리를 절며 이곳으로 돌아온다
서로가 서로를 오해하고, 이름도 없는 명사를 낳는다

가려워 견딜 수 없는 몇은
창유리에 자신의 양 겨드랑이를 비춰 본다

나는 이곳을 33번지라 부른다
자신을 증명하기 위해
높은 곳을 향해 오르는,

고아들이 돌아오는 밤이다

재귀 호출

X는 이미 있는 것 위에 그어진 빗금. 그래 나는 부정하지. 때때로 X가 미워 그 위에 X를 친다. 그렇게까지 해야 해? X 위에 다시 X를 긋는다. 그래도 께름칙해서 X를 앉힌다. X 위에 X가 겹겹이 쌓인다. 그런데 나는 무엇에 X를 한 것일까. 가장 가까운 X를 걷으면 X가 나타난다. 무엇인가의 X는 어떤 것인가의 X이다. 그 X 뒤에 또 누구 것인지 모를 X의 X를 생각하는 길은 낯설고 아득하다. 너는 가만히 내 등이나 두드리며, 엑스다라고 하지 않고 애쓴다고 한다. X의 더미 위에 앉아 X의 기원을 생각하는 우리들. X는 그저 그렇게 우리를 지나쳐 뻗어온 길. 최초의 X는 X. 그래, 애쓴다.

사물의 통각

숨어 있던 상실감은 사물을 통해 나타난다. 다시 한 번 슬픔을 가져오는 그 사물은 교환 법칙의 적용을 받지 않는다. 그것을 당신은 불이 아니라 눈물로 태운다. 태우고 또 태우지만, 언제든 그것은 특정한 시간과 장소로 당신을 이끄는 것이다. 왜냐하면 그 사람 부재할지라도 당신은 결코 사랑하는 것을 멈출 수 없기 때문이다. 그저 눈물이 마르고, 지금은 네가 울기를 멈췄을 뿐.

3부

밝히는 사람

　어두운데 그게 되겠어요 새카맣게 어두운 사람들이 모여 점점 그게 뭐였을까? 이딴 소리나 하고 그래서 밝히는 사람을 뽑은 거잖아 그건 그런데 그 사람 어디 있는데요? 그걸 왜 나한테 물어 나도 어두운데, 알 리가 없잖아 아니, 그래서 밝히는 사람을 뽑은 거잖아요? 그건, 그렇지 진짜 그 사람은 어디에 있는 걸까 어디에 있는지 알면, 무엇을 밝혔는지 아주 잘 알 수 있는데 하지만 만날 수도 없는데, 그게 되겠어요? 그 사람이 밝힌 게 뭐지? 뭐지? 이딴 소리나 하고 자꾸 앞날은 캄캄해지고 진짜 밝히는 사람이 맞긴 맞나요? 그러니까 그걸 내가 어찌 알겠냐고 더군다나 이렇게 어두운데, 뭐가 보이겠어 시커먼 눈만 끔뻑이지 말고, 생각해 보라니까요 어디에서나 무엇이든지 밝힌다는 그 사람, 어디로 갔는지? 좀, 몸은 그만 더듬고

거울

어디든 마찬가지입니다. 10%의 순이익만 보장된다면, 내가 밀어넣은 돈으로 코를 풀든, 강둑을 허물어 물바다로 만들든 개의치 않을 겁니다. 그럭저럭 20%만 남기면, 네 삶이야 내 알 바 아니죠. 개머리판을 만들어 누군가의 마빡을 때리든, 마빡에서 새벽종이 울리든. 더 이상 외로된 사업에 골몰할 필요가 없습니다. 30%의 이익이 보장된다면. 나는 당신을 도울 수 있고 당신도 나를 도울 테죠. 오른손의 청탁을 받지 못하는 왼손은 어디에도 없습니다. 배당만 확실하면, 무너진 곳이 또 무너지고 죽은 사람이 다시 죽어도 상관없습니다. 수익률이 좋은데, 왜 우리 아이들이 저곳에 있습니까? 세상일이 돌고 돈다지만, 당신의 주머니를 이렇게 조용히 채울 수 있는 세상은 참 없습니다. 우리는 꽤 닮았습니다. 누구든 마찬가지일 테지만.

정치하게

이 점잖으신 분하고는 맞는 게 하나도 없어요. 메뉴를 고르지 못해 세 시간째 식당을 고르고 있죠. 식당을 사고 남을 시간인데. 물론 그 시간이면 식당을 까먹을 수도 있겠죠. 이젠 점심도 지나, 저녁 메뉴를 생각해야겠어요. 메뉴보다 힘든 건 화제죠. 귓구멍을 막고 자기 이야기만 하니까. 차라리 나는 입을 막고 음식이나 먹어야겠어요. 맛 따위는 알고 싶지도 않아요. 가끔 면박도 주고, 당근도 쥐어주지만. 아니 그런데 이 양반이 정말, 양손에 당근을 들고 내 뒤통수를 치네요. 말리지 마세요. 맞고소와 다툼이 이어지더라도, 최소 일주일에 두 번은 메뉴를 골라야 해요. 아직 함께 해먹을 게 무궁무진하죠. 이러면서 서로 정드는 거잖아요? 적어도 우리끼린,

아직 통하니까.

아내가 필요해

누구에게나 아내는 필요해. 그래서 아내는, 아내를 두기로 했어. 찬거리를 만들고 밀린 빨래를 하며 시어머니의 잔소리를 쉽게 맞받아 넘길 수 있는 그런 아내 말이야. 방은 하루에 세 번, 욕실은 매일 닦고, 바퀴벌레를 잡아먹으며, 지저분한 살림들을 자신의 몸속에 몽땅 수납할 수 있는 아내. 혹, 밖에라도 나가면 아내의 아내라는 게 전혀 티도 안 나는 아내 말이야. 아이가 태어나는 족족 예쁘게 길러주는 아내. 남편 때문에 애를 먹어도 똥배가 나오지 않는 아내. 때때로 남편의 고장난 기력도 챙겨 주고, 늘어진 인성도 바로잡아 줘야 해. 무엇보다도 아내의 무의식을 도청할 수 있는, 솜씨 좋은 아내가 필요하지. 그리하여 이제 아내가 아내를 맞아들이는 날,

아내는 자신의 아내를 남편의 침실에 밀어넣고는, 아내라 불리는 몸을 천천히 벗고 있다. 샤워기에 대고 킬킬거리며, 키득거리며. 그러니까 아내가, 당신에게도?

검찰을 찾아라

　감찰 감철 걈찰 건찰 건철 걸찰 검잘 검착 검창 검철 검
찰 검출 검칠 겁찰 경찰 겸찰 곰찰 곰철 굼찰 굼철 긴찰 긴
철 긴출 김찰 김창 김철 깁찰 깁철 깊찰 개찰 도찰 명찰 현
찰 검잘 겸찰 감찰 감철 걈찰 건찰 건철 걸찰 검잘 검착 검
창 검철 검찰 검출 검칠 겁찰 경찰 겸찰 곰찰 곰철 굼찰 굼
철 긴찰 긴철 긴출 김찰 김창 김철 깁찰 깁철 깊찰 명찰 현
찰 검잘 겸찰 감찰 감철 견찰 떡찰 색찰 사찰 빽찰 우찰 성
찰 감찰 감철 걈찰 건찰 건철 걸찰 검잘 검착 검창 검철 검
찰 검출 검칠 겁찰 경찰 겸찰 곰찰 곰철 굼찰 굼철 깅찰 깅
철 깅출 깅찰 깅창 깅철 깁찰 깁철 검잘 겸찰 감찰 감철 걈
찰 건찰 건철 걸찰 검잘 검착 검창 검철 검찰 검출 검칠 겁
찰 경찰 겸찰 곰찰 곰철 굼찰 굼철 긴찰 긴철 긴출 김찰 김
창 김철 깁찰 깁철 깊찰 검잘 겸찰 감찰

　웃자고 했다
　죽자고 한다

61

α를 기다리며

전도사님은 어린 내게 처음으로 +α를 설명하셨죠. 성실한 신앙 뒤에는 +α가 온다고, 그 +α가 사탕을 싸고 있는 은박지로 보여 전 살짝 침을 흘렸죠. +α를 상상할 수 없는 날엔 제 불성실함을 탓하면서 허벅지를 찌르기도 했어요. 십자가에 박히면 +α가 올 텐데, 나를 박아 주지 않는 세상을 원망하기만 했죠.

몇 해 전, 알 만한 그분에게서 다시 +α를 배우게 됐죠. +α는 희망이자 기쁨, +α는 나를 깨우는 열기. +α는 스스로 정리하길, 행복 그 자체라 부르죠. 알에서 파하기까지 수십 년이 흘렀네요. 저는 지금 제 밑에 있는 사람들의 눈과 귀에 +α를 조금씩 넣어 주고 있습니다. 덕분에 20만 평 땅에 지상천국을 짓고 있습니다. 요즘 조찬기도회에도 나갑니다. α가 뭐냐고요? 거참, 알만 하신 것들이.

한 점 의혹도 없이

그는 죽었다. 변심한 애인 때문에

그는 죽었다. 가정불화 때문에

그는 죽었다. 소심한 성격 때문에

그는 죽었다. 군기가 빠져서

그렇다. 다시 밝히지만,

그들은 죽었다. 자해가 그들의 도덕이었다.

그들은 죽었다. 염세가 그들의 신념이었다.

누가 그들의 가혹한 체질을 바꾸겠는가?

그들의 어리석은 죽음을 막을 수 있겠는가?

자신의 삶을 스스로 견디지 못할 만큼

그들은 약하고, 그들은 악하다.

그리고 그들은 죽었다. 이외의 사실을 우리는

모르며, 우리의 무지는 우리의 책임이 아니다.

죽음의 이유는 우리 외에 모든 것에 있다.

죽음의 책임은 우리 외에 모든 곳에 있다.

우리가 믿는 바, 모든 타살은 자살이다.

-이상-

층간

이웃한 점들은, 언제나 열쇠 구멍 바깥에 있는 점. 이웃이라 불리는 점을 빼고 나면 아무것도 아닌 점이다. 아무것도 아닌 점에 세계는 둘러싸여 있다. 사랑해야 할 바로 그 점 따위는 없다. 점점,

이웃한 점들을 수직으로 쌓으면 섬이 된다. 사이는 얼마간 벌어져 있고, 비어 있고, 갇혀 있다. 수직으로 쌓아 놓은 섬은 내 머리맡에 있다. 섬에서 물 흐르는 소리가 들린다. 아침저녁으로 깨지고, 부서지고, 다시 쌓는 섬이 내 머리맡에 있구나. 어둠 속에서 누워 바라보는 섬의 발치.

천장 아래로 섬이 내려온다. 섬 위에 섬이 무신경하게 박혀 때로 점이 된다. 이웃하고 있는 점들은 구멍 바깥에 놓인 섬. 나는 들키지 않고, 나를 들이켤 수가 있구나. 어둠 속에 누워 바라보는 희끗한, 점점, 섬

딱한 사람

안 되는 것도 없지만, 딱히 되는 것도 없다
모르는 것도 없지만, 딱히 아는 것도 없다
머물 마음도 없지만, 딱히 떠날 생각도 없다.
쉼표를 사이에 두고
왼쪽에는 네가, 오른쪽에는 내가 있다.
딱한 줄 모르는 네가
딱한 줄 모르는 내가
존중하고 싶지만, 딱히 애쓰고 싶지 않아서
쉼표를 사이에 두고
우리는 서로 딱한 사람
자기밖에 모르는 딱,
한 사람

깐다

깐다는 하나의 시대정신입니다. 껍질도 없는 것들이 있는 것을 깝니다. 서로의 껍데기가 갑갑했는지, 연인들은 돼지껍데기를 구우며 서로를 까발립니다. 사실, 까발리다는 가학과 피학의 조합입니다. 하나는 까다이고 다른 하나는 발리다입니다. 입장에 따라 까다는 까이다가 되지만, 젊은 이들은 발리다를 선호합니다. 한쪽에서 까면 다른 한쪽은 발리는 수밖에요. 그러나 사회적 지위와 체면이 있는 분들은 누구도 발리길 원치 않습니다. 하지만 까페에서, 치킨집에서, 노인정에서, 놀이터에서, 교실에서, 어디까지나 우리끼리 하는 말. 마주보며 까고, 때때로 누워서도 깝니다. 그렇다면 우리는 깐돌이입니까? 깠다거나 깔 것이라는 말은 없습니다. 오직 깐다에만 십 원짜리가 포함된, 현장의 신선함이 담겨 있습니다. 그러나 저분들은 깐다고 까지지 않습니다. 까지는 것들은 언제나 명랑한 부사, 발랑을 몰고 다니니까요. 깐다의 정신은 마침내 깬다로 이어집니다. 정말, 깨죠?

벽

벽이 하나 있다.
너는 어제 그 벽에 손을 얹고
고해성사를 했다.
소화된 것들을 다시 한 번
그 앞에 꺼내 놓는 일, 꺼내 놓으며
눈물을 흘리는 일.
입과 눈이 한 짝인데, 입이 하던 일을
눈이 왜 못하겠는가.

너는 어제 입도 눈도 닦지 않고
집으로 갔다. 너를
알아 본 사람은 없었지만
네가 짚고 있던 벽은
더 이상 아무도 짚지 않을 것이다.

벽이 하나 있다.
너는 어제 그 벽에 손을 얹고
본 것만을 말하기로 했다.
하루를 굶고

너는 그 벽을 찾아갔다.
네가 짚었던 자리에
구멍이 뚫려 있다.
구멍 맞은편에서
눈 맞은 사람 하나
급하게 입을 틀어막는다.

자기유지회로(自己維持回路)

　오전 일곱 시 알람 소리에 맞춰, 선다. 아홉 시쯤이면 비자기들과 대면, 말없는 대화가 시작된다. 열두 시, 점심을 먹으러 간다. 메뉴에는 온통 비자기들이 빼곡하다. 내 살을 유지하려면 남의 살을 빌려야 하지. 오후 두 시, 외근을 나가 비자기에게 자기를 소개한다. 비자기가 배시시 웃는다. 어쩐지 자기가 된 것 같다. 저녁 일곱 시, 종종 비자기들과 저녁을 먹으며 소주를 시킬 시간이다. 언제나 딱 한 잔, 딱 한 번만으로 시작해서 자기와 비자기의 경계가 지워진다. 점점 이 세상의 모든 비자기를 전유할 수 있을 것 같다. 밤 열 시, 슬슬 비자기들과 시비 붙을 시간이다. 밤 열두 시, 세면대 거울 앞에 비자기가 놓여 있다. 새벽 한 시. 자기가 생각하는 곳에 자기는 존재하지 않고, 존재하지 않는 곳에서 스르륵 잠이 든다. 아니, 아직은 안 돼. 슬그머니 침실 문을 열고 어둠 속으로 혀를 밀어 넣는다.

　듣고 있나, 자기?

　싸늘한 침묵. 새벽은 존재하지 않는 곳에서 기억나지도 않는 꿈을 꾸기 좋은 곳. 오전 일곱 시, 알람 소리에 맞춰,

또다시
자기가

빤다 2

　뜨거운 물에 녹차를 우립니다. 녹색 찻잔에 차오르는 건 무엇을 품고 있던 시간일까요? 우립니다. 우려냅니다. 시간이 일궈 낸 것을 우리는 찰나로 넘깁니다. 향이 있는 것은 우리고, 얼치기들은 후립니다. 대체로 영양가 있어 뵈는 건 장시간 고아 냅니다. 손이 고우니, 얼굴을 가려야겠습니다. 나는 어떤 범주인가요. 그냥 구리다고 칩시다. 얘기했을 텐데요. 뜨거운 것에는 빨대를 꽂지 않습니다. 운명도 언젠가는 식을 텐데, 점잖게 내버려 두기로 합시다. 뜨거운 물이든, 차가운 물이든, 오늘은 당신의 영혼을 뽑아 내고 싶습니다. 무슨 향이었는지,

　또 잊었습니다.

수영 입문기

신규회원 등록기간

우리 수영장은 모두 열여섯 개 레인으로, 한 개 레인의 길이는 오만 킬로미터입니다. 시간당 일 킬로미터를 움직인다고 치면, 잠 안 자고 가야 피안에 도달할 수 있습니다. 대부분은 수영 中에 운명하십니다. 이분들이 익사했다고 말하시는 분이 있는데, 원래 우리들 대부분은 어딘가에 몹시 빠지거나 잠겨서 죽습니다. 워낙 크고 넓다 보니 각종 어종들이 서식하는 구간이 있기도 합니다. 누굴 기준으로 수질을 측정하냐고요? 그건 영업 비밀입니다.

초급반

인종, 성별, 학력, 인맥 등등으로 구분된 레인에 따라 물의 급수가 다릅니다. 회장님 전용 고급 레인도 있는데, 일반인들 눈에는 보이지 않습니다. 특별 수질 관리를 하고 있으며, 이분들은 실력과 몸매가 없어도 황금색 삼각 빤스나 비키니가 허용됩니다. 괜찮습니다. 물속에서 바라보면, 모두가 평등해 보입니다.

배영의 무늬

높은 천장을 바라보며, 정처 없이 떠다니죠. 물에 등을 대고, 물에 등을 데고. 한숨 소리를 듣죠. 구멍 난 천장에서 떨어지는 비를 맞으며, 가슴엔 새를 맞아요. 누군가 내 배에 올라타는 것 같아. 어떤 무늬의 난민인지, 어떤 색깔의 해적인지 모르지만. 사연 없이 내 배는 물에 뜨네요. 홀수가 깊어 자꾸 허공으로 무너지는 해안을 바라보며. 당신, 이라는 천장. 당신, 이라는 공장. 얼굴에 듣는 빗소리를 중얼거리며. 한 손이 달아나는 다른 한 손을 쫓아갑니다. 엇갈려야만 서로 닿을 수 있는 세계가, 오늘도

배를 까고
가만히 눈을 뜹니다.

라이프 가이드

늘 한자리에서 삼각 빤스를 입은 채 늙어 가는 라이프 가드가 있다. 나는 가드가 아니라, 가이드야. 말했다, 물을 이기려 들지 말라고. 물을 뒤집어쓰지 않고 익힐 수가 없는

게 연애지. 특히 나 같은 삼각 빤스를 조심하라고. 너희 사각들하고는 급이 다르지. 물을 이기는 건 수영이 아냐. 자네, 내 삼각 빤스 안에 무엇이 들어 있는지 아나. 너희가 입고 있는 그거, 사각 빤스가 들어 있지. 그럼 너희들 사각 안에는 무엇이 들었나. 그건, 나도 모르지. 억지로는 안 돼. 물은 이제 고만 처먹고. 물을 타라고.

중급반

그는 오늘도 수영장 구석에 자리를 잡고 낚시대를 드리웠다. 자신을 강태공이라고 소개했는데, 수영복은 입지 않았다. 강태공이 말했다. 저는 사람을 낚는 어부가 될 겁니다. 노년의 라이프가이드가 물었다. 그래 그럼, 어디 팔아먹을 데는 있고? 강태공이 씨익 웃으며 대답했다. 제가 먹을 건데요?

고급반

골똘해 있을 때에만, 우리는 물에 둘러싸인 것을 잊고

살지. 이제 그만,

　물 밖으로 나가고 싶다는 생각이 들면, 몸은 정말 가라 앉아 버리는 거야

　# 임시휴관

　수영장이 얼자, 회원들은 너나없이 꽁꽁 스케이트를 가져왔다. 누군가 외쳤다. 지난여름에 실종되었던 바로 그 아이입니다. 누군가가 얼음을 깨고 아이를 꺼내자고 했다. 사람들은 웅성거렸다. 지금 우리가 스케이트나 탈 때가 아닙니다. 하지만 구멍을 내는 데에 들어가는 비용은 누가 내나요? 여기 모인 사람들끼리 약간의 구멍을 감수하면 될 겁니다. 별소리를 다 듣겠네요. 스케이트도 못 타게 생겼는데, 생활에 구멍을 내라니요? 맞습니다. 무슨 대단한 공부를 하다가 이렇게 된 것도 아니잖습니까. 그럼, 얼음 위에 아이들이 발견된 위치를 표시해 놓고 갑시다. 봄이 되면, 얼음은 꽁꽁 녹을 겁니다.

다시, 초급

물에 지문을 남길 때까지 나는 여기 남을 거야.

그렇다고 쳐. 그럼, 이 물이 다 흘러가면 어쩔거야.

그땐 손을 흔들어 줘야지. 쭈그렁 할머니가 대답했다.

생존수영 강습안내

공짜 중독의 심각성을 체험하고, 중독자의 지원 기금 마련을 위해 일일 주지육림 체험장을 개장합니다. 수영장 1개 레인을 막아 소주 풀을 만들고, 술독에 빠지는 체험행사가 준비되어 있습니다. 피부병이 있거나 목욕을 안 하신 분은 입장하실 수 없습니다. 국내 대표 주조사들과 육포 제조사들이 적극 협찬합니다. 국내외 내로라하는 로비스트들과 각 업계의 원로들이 알몸 차림으로 동반 참석하는 이번 행사에 여러분들의 많은 성원과 관심을 바랍니다. 이번 기회를 통해 서로 뜯고 맛보는 뜻 깊은 연말연시가 되기를 기원합니다.

물의 방

물이 아니고 코가 비뚤어진
말이 가득 차 있습니다.
말로 옮기는 건, 어려운 일이라던데
말을 옮기는 건, 더러운 일이라던데
소금을 풀어 씻어내면
物 될까요?
말이

송기영의 이번 시집은 온갖 '비자기(非自己)'들의 기록으로 빼곡하다. 비자기는 물론 자기가 아닌 자기다. 자기가 아니므로 비자기가 헌신하는 곳은 자기가 아니라 다른 곳을 향한다. 다른 곳은 자본의 논리가 지배하는 이 세계. 현실을 지배하는 "돈의 맛"은 쓰디쓰면서도 달콤하다. "끊임없이 단물"을 흘리는 캔디처럼, 혹은 "사탕을 싸고 있는 은박지"처럼 교묘하게 위장한 '돈의 맛'은, 실상 "삶의 구조를 지지하고 운명과 숙명을 제어하며" "생존 공간과 자손의 수를 조절"할 만큼 막강하다. 뼈를 갈아 넣어서라도 맛보아야 하는 돈은 이미 인간 생존의 필수 요건이다. 이를 모르지 않기에 그렇게도 많은 비자기들이 자발적으로 나서서 '캔디맨'이 되려고 하는 것일 게다.

죽을 때까지 단물만 쪽쪽 빨리다가 버려지는 캔디맨의 세계에서 인간성은 곧 상품성으로 환원된다. 인간성 없는 상품성이 무정한 만큼이나 상품성 없는 인간성은 무용하기 때문이다. 무용한 인간은 그것이 자기냐 비자기냐를 따지기도 전에 폐기된다. 폐기되지 않기 위해서도 아득바득 애를 쓰는 비자기의 얼굴은 모르는 사람을 만나서도, 동료나 친구를 만나서도, 이웃을 만나서도 마치 고객을 대하듯

이 대한다. 심지어 가족 앞에서도 "아버지 뵙기를 단골 고객님 뵌 듯하며, 어머니와 마주할 때에는 이벤트에 당첨된 듯하라. 부인을 대할 때에는 신규 고객님 발굴하듯 하고, 사춘기 자식과 대화할 때는 경쟁사에 뺏긴 고객님 대하듯 하라"는 복무 신조를 잊지 않는다. "고객님과 보낸 한 철"로 정리되는 그 인생이 '자기'가 바라던 인생일까? 아니라고 해서 딱히 대안이 있는 것도 아니다. "때때로 X가 미워 그 위에 X를 친다. 그렇게까지 해야 해? X 위에 다시 X를 긋는" 행위만 반복할 뿐이다.

살아서는 '돈의 맛'을 이길 수 없는 이 비자기들이 굴복해야 하는 것은 하나가 더 있다. 바로 시간이다. "사람을 이기는 건, 언제나 시간"이라는 명제 앞에서는 제아무리 막강한 권력을 쥐고 있는 자도 무릎을 꿇을 수밖에 없다. 돈 앞에서 불평등할 수밖에 없는 존재들이 시간 앞에서는 새삼 평등해지는 것이 그나마 위안이라면 위안이겠지만, 남아 있는 것은 언제나 살아서의 일이다. 살아서는 비껴갈 수 없는 비자기로서의 생활이 기다리고 있는 것이다. 아침에 일어나서도, 출근해서도, 퇴근하고 회식 자리에서도, 다시 집에 돌아와서도 어김없이 목격되는 비자기의 얼굴. 행여 직

장과 상관없는 삶일지라도 맞닥뜨릴 수밖에 없는 온갖 비자기들의 얼굴. "밤 열두 시, 세면대 거울 앞에 비자기가 놓여 있다. 새벽 한 시. 자기가 생각하는 곳에 자기는 존재하지 않고, 존재하지 않는 곳에서 스르륵 잠이" 들수록 간절히 요청되는 것은 '자기'의 얼굴이다. 낭만적으로 찾는 그대가 아니라 거의 실재처럼 보이는 동시에 사라져 가는 자기의 얼굴.

그렇다면 자기는 어디에 있을까? 과연 자기라는 것이 있기나 한 것일까? 끝없는 비자기들의 향연 속에서 실종되고 없는 자기에 대한 질문으로 이 시집은 다시 빼곡하다. 그것은 "물에 지문을 남"기는 것처럼 허망한 질문이지만, 물에 지문이라도 남기려고 애쓰는 자의 고투가 송기영에게는 또한 시일 것이다. 온갖 '비자기'에 바치는 헌사이면서 '자기'에 대한 질문을 놓지 않는 한 편의 자화상이 또한 이 시집일 것이다.

— 김언(시인)

「써칭 포 슈가맨」은 어느 사라진 가수를 찾아 나서는 내용의 다큐멘터리 영화다. 본국에서 발매한 앨범의 실패와 함께 행방이 묘연해진 가수는 자신도 모르는 사이 이국에서 비틀즈보다 더 유명한 예술가가 되어 있다. 팬들은 정체불명의 그를 슈가맨이라 부른다. 슈가맨은 그의 앨범에 수록된 노래 제목이다.

자취를 감춘 무명의 가수인 동시에 베일에 쌓인 전설의 스타. 마침내 사람들 앞에 나타난 그는 평범한 노동자이자 겸허한 철학자의 얼굴을 하고 있다. 사람들은 그 평범함과 겸허함 때문에 그에게 더 열광한다. 슈가맨 찾기가 일종의 영웅 서사라면, 실패함으로써 상품이 되지 못했고 성공했을 때조차 상품이 되지 않았으며 끝내 상품이 되지 않기 위한 삶을 살고 있는 그의 시종일관 반자본주의적인 생애 경로 때문일 것이다. 자본은 슈가를 캔디로 만든다. 이 시집은 슈가맨이 되고 싶었으나 캔디맨의 역할만을 부여받은 어느 궁핍한 현대인의 눈으로 자본주의의 욕망과 허상을 신랄하게 조롱한다.

사르트르는 B(birth)와 D(death) 사이에 C(choice)가 있다고 말했다. 송기영이라면 다르게 말할 것이다. B(birth)와

D(death) 사이에 C(consume)가 있다. 소비의, 소비를 위한, 소비에 의한 세계 내 존재로서 우리를 정의하는 것은 상품성이라는 지표다. "아침 아홉 시부터 저녁 여섯 시까지" 근면하며 "외로워도 슬퍼도 끊임없이 단물을 뽑아내는" 캔디야말로 자본주의가 낳은 괴물이자 부정할 수 없는 나 자신이다. "지옥에서 보낸 한 철"이 "고객님과 보낸 한 철"로 패러디될 때 랭보의 탐미적 지옥은 상품이라는 실존적 지옥으로 바뀐다. "산다와 판다"의 세상에서 "사람들, 너를 기억한다. 싸서 좋았다고".

　자기 착취를 동력 삼아 오늘도 충실하게 굴러가는 현대 자본주의 세상에서는 "자해가 그들의 도덕"이고 "염세가 그들의 신념"이다. "빨아들이고 퉤, 뱉는 사건"만이 살아 있는 "우리 존재의 미학"이다. 어떤 인간이 좋은 인간인가. 가성비가 우리를 흥정해 줄 것이다. 자본주의의 무자비함은 상품으로서의 우리가 자기 자신마저 팔아야 한다는 데에서 한층 더 빛난다. 자신을 팔기 위해 스스로를 착취하는 파괴적 일상. 벗어날 수 없는 일상적 파괴. 그리하여 마침내 이 시대의 정언명령이 완성된다. "모든 타살은 자살이다." 만물의 원인이 '나'에게 있으니 고통도 '나'의 것이오, 절망도 '나'의 것이다. 이렇듯 "알뜰히도 서로를 학대"하는 우리는 서로가 서로에게 "사카린이다."

『써칭 포 캔디맨』에서 송기영은 상품으로서의 인간을 바라보는 애처롭고 안쓰러운 시선을 자조와 유머가 뒤섞인 광대의 언어로 표현한다. 쓸모를 잃고 재고가 되어 창고 구석에 쌓여 가는 모멸적 삶이 환기하는 공포가 이 시대의 정서라면 외로워도 슬퍼도 울지 않는 '캔디맨'은 차라리 녹을지언정 쌓여 가고 싶지 않은 이 시대의 캐릭터일 것이다. 삶이 계속되듯 영업은 계속된다. 단물을 빨아들이는 입이 이제 당신을 바라본다. 벌린 입속에서 수많은 캔디가 당도를 잃어 간다. 자꾸만 입이 쓰다.

　── 박혜진(문학평론가)

지은이　　　송기영

1972년 서울에서 태어났다.
2008년 《세계의 문학》 신인상으로 등단했다.
시집 『.ZIP』이 있다.

써칭 포 캔디맨

1판 1쇄 펴냄 2021년 2월 19일
1판 2쇄 펴냄 2021년 9월 13일

지은이 송기영
발행인 박근섭, 박상준
펴낸곳 (주)민음사

출판등록 1966. 5. 19. (제16-490호)
서울특별시 강남구 도산대로1길 62(신사동)
강남출판문화센터 5층 (06027)
대표전화 02-515-2000 / 팩시밀리 02-515-2007
www.minumsa.com

ⓒ 송기영, 2021. Printed in Seoul, Korea

ISBN 978-89-374-0902-8 04810
　　　978-89-374-0802-1 (세트)

* 잘못 만들어진 책은 구입처에서 교환해 드립니다.

민음의 시

목록